Vente du Mercredi 19 Mai 1875

SALLE Nº 3.

TABLEAUX

SCULPTURES

OFFERTS PAR DIVERS ARTISTES

A

L'ASSOCIATION DES INSTITUTRICES

DU DÉPARTEMENT DE LA SEINE

EXPOSITIONS:

PARTICULIÈRE	PUBLIQUE
Le Lundi 17 Mai 1875.	Le Mardi 18 Mai 1875.

Mᵉ CHARLES PILLET,
COMMISSAIRE-PRISEUR,
10, rue de la Grange-Batelière.

M. DURAND-RUEL,
EXPERT,
16, rue Laffitte.

CONDITIONS DE LA VENTE

Elle sera faite au comptant.

Les adjudicataires payeront *cinq pour cent* en sus des enchères

Paris. Imp. de PILLET fils aîné, rue des Grands-Augustins, 5.

CATALOGUE

DES

TABLEAUX MODERNES

ET

SCULPTURES

OFFERTS PAR DIVERS ARTISTES

A L'ASSOCIATION DES INSTITUTRICES

du département de la Seine,

ET DONT LA VENTE AURA LIEU

HOTEL DROUOT, SALLE N° 3

Le Mercredi 19 Mai 1875,

A TROIS HEURES.

Par le Ministère de Me CHARLES PILLET, Commissaire-Priseur,
10, rue de la Grange-Batelière;

Assisté de M. DURAND-RUEL, Expert, 16, rue Laffitte,
Chez lesquels se trouve le présent Catalogue.

EXPOSITIONS
PARTICULIÈRE : Le Lundi 17 Mai 1875,
PUBLIQUE : Le Mardi 18 Mai 1875,
De une heure à cinq heures.

Don S. de Ricci

DÉSIGNATION

TABLEAUX MODERNES

BERGERET

1 — Prune écrasée.

Bois. Haut., 12 cent. larg., 12 cent.

BORDON (VICTORINE)

2 — Les Moines.

Copie de Jacquand

Haut., 33 cent.; larg., 25 cent.

BRACONY

3 — Paysage.

Haut., 31 cent.; larg., 44 cent.

BREST

4 — Marine.

Bois. Haut., 34 cent.; larg., 49 cent.

GASTAN

5 — Fruits et perroquet.

Haut., 32 cent.; larg., 43 cent.

CASTIGLIONE

6 — Tête de jeune fille.

Bois. Haut., 18 cent.; larg., 25 cent.

COCK (CÉSAR DE)

7 — Paysage, fleurs et blé.

Haut., 29 cent.; larg., 42 cent.

DIDIER

8 — Paysanne.

Haut., 21 cent.; larg., 16 cent.

DRAMARD (DE)

9 — Tête de jeune homme.

Haut , 32 cent ; larg., 24 cent.

DUPRAY

10 — Cavalier.

Haut., 00 cent.; larg., 00 cent.

DURAN (CAROLUS)

11 — Étude de paysage.

Carton. Haut., 18 cent.; larg., 32 cent.

FALERO

12 — Tête de femme.

Haut., 60 cent.; larg., 49 cent.

FRANÇAIS

13 — Paysage.

Haut., 32 cent.; larg., 24 cent.

FROMENTIN

14 — Souvenir d'Egypte.

Haut., 00 cent.; larg., 00 cent.

GEGERFELD

15 — Paysage.

Haut., 00 cent.; larg., 00 cent.

GOUPIL (J.)

16 — Tête de femme.

Haut., 32 cent.; larg., 24 cent.

HENNER

17 — Tête d'enfant.

Haut., 00 cent.; larg., 00 cent

JAPY

18 — Paysage, bord de la mer.

Bois. Haut., 27 cent.; larg., 44 cent.

LANSYER

19 — Paysage, bord de la mer.

Haut., 30 cent.; arg., 41 cent

LIEBERMAN

20 — Paysage, bord de la mer.

Bois. Haut., 37 cent.; larg., 46 cent.

LEYENDECKER

21 — Paysage, lande,

Haut., 18 cent.; larg., 32 cent.

MAES

22 — Paysage, moulin.

Haut., 36 cent.; larg., 28 cent.

MERY (EUGÈNE)

23 — Une femme à sa toilette.

Haut., 27 cent.; larg., 36 cent.

MERY (EUGÈNE)

24 — Nature morte.

Haut., 45 cent.; larg., 38 cent.

MUNKACSY

25 — Le Passage voûté.

Bois. Haut., 65 cent.; larg., 53 cent.

MURATON

26 — Moine assis.

Haut., 29 cent ; larg., 20 cent.

OTTO VON THOREN

27 -- Troupeau de bœufs en marche.

Bois. Haut., 24 cent.; larg., 15 cent.

PARROT

28 — Tête de femme.

Haut., 40 cent.; larg., 32 cent.

POLENOFF

29 — Paysage.

Haut., 38 cent.; larg., 56 cent.

PRILLIEUX

30 — Les Bords de la Seine.

Haut., 60 cent.; larg., 60 cent.

PRIOU

31 — Tête de jeune paysan.

Haut., 25 cent.; larg., 19 cent.

SAGE

32 — Copie de Raphaël.

Haut., 90 cent.; larg., 71 cent.

SERVANT

33 — Fontaine dell Acqua Alhambra (Grenade).

Haut., 46 cent.; larg, 38 cent.

TCHOUMAKOFF

34 — Tête de femme.

Haut., 10 cent.; larg., 32 cent.

WALKER

35 — Chiens de chasse.

Haut., 27 cent; larg., 21 cent.

WATELIN

36 — Paysage.

Haut., 25 cent.; larg., 32 cent.

YVON

37 — Prisonnier croate.

Haut., 35 cent. ; larg., 27 cent.

TŒDÈS

38 — Tête d'enfant.

CHARVET

39 — Tête de femme.

———

AQUARELLES

BLANCHARD

40 — Vue de Venise.

GARNIER (J.)

41 — Louis XI.

JEANVRON

42 — Figures.

LACOSTE

43 — Vue de Venise.

LE BAS

44 — Bord de la mer.

LE BAS

45 — Bord de la mer.

MERLE (H.)

46 — Tyrolien.

PALIZZI

47 — Paysage.

Sépia.

PILS

48 — Arabe à cheval près d'une tente.

BARRY

49 — Vue d'Égypte.

Fusain.

DESSINS

BAYARD (E.)

50 — Cuirassier à cheval.

BELLEL (J.-J.)

51 — Paysage.

CABANEL

52 — Dessin.

CHAPLIN

53 — Dessin.

Sanguine.

COTTIN

54 — Animaux.

Fusain.

DORE (G.)

55 — Marchande de fleurs de Drury-Lane.

TECKHOIET.

56 — Jeune marchande de poissons.

TECKHOIET

57 — Jeune garçon assis.

HERMANN (LÉON)

58 — Animaux.

LAURENS (J.)

59 — Intérieur.

LEPETIT (ALF.)

60 — Femme faisant des confitures.

LEPIC (VICOMTE)

61 — Paysage avec figures.

MERLE (H.)

62 — Jeune fille assise.

MILLET (AIMÉ)

63 — Intérieur.

MULLER

64 — Tête de femme.

REYÉ

65 — Grand paysage des Alpes.

VOILLEMOT

66 — Voillemot.

SCULPTURES

CARRIER BELLEUSE

67 — Le Printemps.

CORDIER

68 — Coupe.

MAILLET

69 — Minerve.

MATABON

70 — Buste du Dante Alighieri.

MERLET

71 — Deux médailles en bronze sur écrin.

———

EAUX-FORTES

BROWNE (HYACINTHE)

72 — Jacob apprend la mort de Joseph.

BELLAY

73 — Patiniria.

———

PHOTOGRAPHIES

BOUGUEREAU

74 — Le Coucher.

BERNE-BELLECOUR

75 — Le Coup de canon.

LELOIR

76 — La Cigale.

VIBERT

77 — La Réprimande.

WORMS

78 — La Tante à succession.

RICHOMME

79 — Mort de Léonard de Vinci.

Gravé d'après Ingres.

RICHOMME

80 — Henri IV et ses enfants.

Gravé d'après Ingres.

RED. :

22

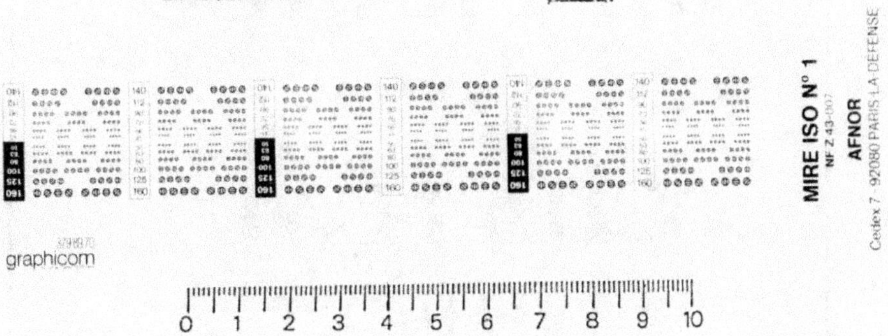

MIRE ISO Nº 1

NF Z 43-002

AFNOR

Cedex 7 - 92080 PARIS LA DEFENSE

graphicom

0 1 2 3 4 5 6 7 8 9 10

BIBLIOTHEQUE
NATIONALE
DE FRANCE
****

CHATEAU
DE
SABLE
1995

www.ingramcontent.com/pod-product-compliance
Lightning Source LLC
LaVergne TN
LVHW020642180726
843502LV00006B/2187